la courte échelle

Les éditions de la courte échelle inc.

Josée Plourde

Josée Plourde a grandi à Cowansville dans les Cantons de l'Est. C'est là qu'à neuf ans elle publie son premier texte dans un magazine destiné aux professeurs. Elle a étudié en écriture dramatique à l'École nationale de théâtre à Montréal. Depuis, elle a écrit des romans, des nouvelles, des pièces de théâtre et des textes pour des livres scolaires. Comme scénariste, elle a collaboré à de nombreuses émissions de télévision pour les jeunes, dont *Le Club des 100 Watts, Télé-Pirate* et *Watatatow*. De plus, elle participe à des tournées dans les écoles et dans les bibliothèques, ce qui lui permet de rencontrer des centaines de jeunes lecteurs chaque année.

Josée Plourde a des projets plein la tête et des idées plein la plume. Et même si elle aime la solitude, cela ne l'empêche pas d'entretenir une grande passion pour les jeux de société. Elle en fait même une collection!

Doris Barrette

Doris Barrette a illustré des dizaines d'albums, de romans, de livres documentaires sur les sciences naturelles et de livres scolaires, et ses oeuvres ont été exposées plusieurs fois au Québec et en Europe. À la courte échelle, elle est l'illustratrice de la série Annette d'Élise Turcotte, publiée dans la collection Premier Roman. C'est également elle qui a fait les illustrations de l'album *Grattelle au bois mordant* de Jasmine Dubé, paru dans la série Il était une fois.

Doris Barrette partage une grande passion avec les enfants gourmands du monde entier: les desserts et le chocolat. *Sur les traces de Lou Adams* est le cinquième roman qu'elle illustre à la courte échelle.

De la même auteure, à la courte échelle

Collection Premier Roman
Un colis pour l'Australie
Une voix d'or à New York

Collection Roman Jeunesse
Les fantômes d'Élia

Série Claude:
Claude en duo

Collection Roman+
Solitaire à l'infini

Josée Plourde

SUR LES TRACES
DE LOU ADAMS

Illustrations
de Doris Barrette

la courte échelle
Les éditions de la courte échelle inc.

Les éditions de la courte échelle inc.
5243, boul. Saint-Laurent
Montréal (Québec) H2T 1S4

Conception graphique de la couverture:
Elastik

Conception graphique de l'intérieur:
Derome design inc.

Mise en pages:
Mardigrafe inc.

Révision des textes:
Andrée Laprise

Dépôt légal, 2ᵉ trimestre 2001
Bibliothèque nationale du Québec

La courte échelle reconnaît l'aide financière du gouvernement du
Canada par l'entremise du Programme d'aide au développement de
l'industrie de l'édition pour ses activités d'édition. La courte échelle est
aussi inscrite au programme de subvention globale du Conseil des Arts
du Canada et reçoit l'appui du gouvernement du Québec par
l'intermédiaire de la SODEC.

La courte échelle bénéficie également du Programme de crédit d'impôt
pour l'édition de livres — Gestion SODEC — du gouvernement du
Québec.

Données de catalogage avant publication (Canada)

Plourde, Josée

   Sur les traces de Lou Adams

   (Roman Jeunesse; RJ103)

   ISBN: 2-89021-485-0

   I. Barrette, Doris. II. Titre. III. Collection.

PS8581.L589S97	2001	jC843'.54	C2001-940445-X
PS9581.L589S97	2001		
PZ23.P56Su 2001			

Chapitre I
Pyjama party

Déjà une journée complète que je suis au lit, enrhumée, le nez en chou-fleur, les yeux en pleurs et, dans les oreilles, un bruit de bateau, une sirène caverneuse. Il y a tout de même du bon à être un peu malade. On s'enfonce dans son lit, on ramène les couvertures jusque sous le menton et on se fait dorloter.

Je viens de terminer le chocolat chaud que ma mère m'a préparé. Le moment est crucial. L'heure habituelle de mon coucher approche. Marie va s'amener dans quelques instants pour évaluer la situation. Si ma sainte mère m'accorde une deuxième journée de congé, elle m'apportera la petite télé du boudoir. Sinon, ce sera dodo pour être au mieux demain.

À 21 heures, j'aurais beau gémir, prendre mon air le plus lamentable, ma mère usera de son autorité d'infirmière pour trancher. Je ne réussis jamais à la faire changer d'avis. J'attends toujours cet instant avec crainte: c'est sa main sur mon front et ses yeux dardant les miens qui vont décider de mon sort.

Je me colle le plus possible contre mon gros Boris. Celui-là, c'est l'amour de ma vie, un gros chat tout blanc à l'iris bleu, sourd comme Beethoven. Pour manifester sa tendresse, il ronronne sur tous les tons et me fixe, l'oeil humide. C'est le compagnon idéal des gros rhumes et son petit nez frais contre ma joue s'avère un excellent remède.

Avant même que maman ait poussé la porte, Boris a cessé brusquement de ronronner. Il sait aussi bien que moi que l'heure a sonné. Mon infirmière personnelle arrive, une petite lueur amusée dans la prunelle.

— Claude, ma Claudiou…

Oui, je sais! Je suis une fille et je m'appelle Claude! Sachez que je suis déjà au courant, on me le fait remarquer régulièrement. Je suis consciente que ce n'est pas habituellement un prénom féminin, mais l'histoire s'arrête là. J'aime mon prénom, c'est mon père qui me l'a donné. Comme il n'est plus là pour le prononcer, laissez-le-moi sans faire de commentaire.

— Claude, ma Claudiou, j'ai une petite surprise pour toi.

Elle ouvre grand la porte et qu'est-ce que je vois? Anne! Mon amie, ma presque soeur, debout sur le seuil. Comble de ravissement, elle est vêtue du plus joli pyjama de la terre. Il est bleu ciel avec des marguerites.

— Anne! Qu'est-ce que tu fais là?

Elle est à peine entrée que Boris dessine des huit entre ses jambes. Mon minet est fou de mon amie, un peu plus et il entendrait sa voix!

D'un même mouvement, Anne et Boris sautent dans mon lit.

— Permission spéciale, déclare Anne. Comme je suis légèrement enrhumée, nos mères ont décidé qu'il valait mieux nous réunir. Elles pensent qu'on va guérir plus vite ainsi.

Elles n'ont pas tort. Nous sommes comme les deux doigts de la main, Anne et moi. Vous savez ce qui nous a réunies? Nos pères sont décédés il y a quelques années et nous étions toutes les deux très proches du nôtre. Depuis qu'on partage

nos quotidiens d'orphelines, tout se passe
beaucoup mieux. Certains nous appellent
Anne-Claude. Moi, ça me plaît.

— Alors t'es malade toi aussi?

Anne éclate de rire.

— Tu penses bien que non. Juste un peu d'illusion. David Copperfield, le magicien, tu connais?

Elle fait le geste de rabattre une cape.

Je n'en reviens pas. Chez nous, pas question de frime quand il s'agit de maladie!

— Comment fais-tu? Ici, c'est le bagne!

Mon amie simule une mine défaite.

— Je laisse tomber un peu mes paupières, je prends un air brave, je tousse discrètement…

Elle toussote deux petits coups.

— … et je soupire sans exagérer.

J'applaudis. La prestation est trop belle.

— Alors si tu n'es pas malade, grande comédienne, pourquoi es-tu ici?

— J'apporte du renfort.

Elle soulève sa veste de pyjama et révèle, scotchés sur son ventre, trois petits gâteaux roulés enveloppés dans du cellophane. C'est l'escalade de rires étouffés. Chut! Il faut éviter que ma mère rapplique. C'est une affaire entre deux copines, point à la ligne.

Les gâteries engouffrées, la fatigue se fait sentir. Je propose à Anne une petite

mélodie de circonstance. Précisons que je
suis folle de Jacques Brel. Je sais, je ne
suis pas comme les autres, ma soeur
France se tue à me le répéter. J'aime la
vieille chanson française et Anne, heureu-
sement, partage mes goûts pour cette musique incomparable.

Pour remercier Anne de son beau geste,
je nous mets un air à la fois rigolo et tris-
tounet de Brel:

«Je vous ai apporté des bonbons
Parce que les fleurs c'est périssable
Puis les bonbons c'est tellement bon
Bien que les fleurs soient plus
    présentables
Surtout quand elles sont en boutons
Mais je vous ai apporté des bonbons»

La chanson terminée, nous sombrons doucement, apaisées par ces mots ravissants, moi dans mon lit et Anne sur son matelas de fortune.

— Tu regrettes de m'avoir accompagnée?

Je regarde Anne, incrédule.

— À Des Pins? Jamais de la vie! Si c'était à recommencer, je le referais sans hésiter.

— Même si tu t'es enrhumée?

— Surtout parce que je me suis enrhumée. Regarde la belle soirée qu'on vient de passer!

Et encore une fois, nous rions doucement dans un duo parfait.

— En tout cas, merci, ajoute Anne timidement.

Chapitre II
Escapade à Des Pins

La fin de semaine dernière, nous nous étions retrouvées à Des Pins, la ville où habitait Anne avant de déménager à Val-des-Baies. Ce n'était pas un hasard. Oh non! Nous avions depuis longtemps un plan qui devait nous mener exactement là. L'idée était d'aller séjourner sur la tombe du père d'Anne. Je sais, ça peut sembler lugubre, mais ce n'est pas le cas.

Comme moi, Anne avait pris l'habitude de passer du temps au cimetière, près de son père. Mais depuis qu'elle avait quitté Des Pins, ce n'était plus possible. On se retrouvait régulièrement toutes les deux dans le cimetière de mon village, près de la tombe de mon père, Francis. Pour ma presque jumelle, ces escapades ne remplaçaient pas les visites à son paternel.

Si on pouvait rester quelques jours à Des Pins, on arriverait peut-être à traîner au cimetière en soirée et à veiller un moment près du père d'Anne. C'était son souhait, et moi, ce qu'Anne veut, je le veux aussi. On a donc entrepris de tricoter notre projet. Nous avions chacune une mission.

Anne devait réussir à se faire inviter par la plus jeune soeur de son père, sa tante Alex. De mon côté, je devais convaincre ma mère qu'Anne tenait à me faire rencontrer ses anciens copains. Les choses se passèrent plutôt bien.

Anne a appelé sa tante de chez moi. Alex est une fille formidable: 25 ans, des idées saugrenues et un petit cabriolet vert pour venir nous cueillir! Elle a tout de suite saisi l'idée et, en une semaine, tout était réglé. Photographe pour une chaîne de magasins, elle avait besoin de sa nièce pour une série de photos. Et j'étais réquisitionnée aussi. Un demi-mensonge astucieux.

Le vendredi soir, Alex est venue nous chercher. Plusieurs admirateurs nous ont regardées partir. Ma mère, contente de voir sa Claudiou s'amuser. Mon frère Carl, bavant de convoitise devant la voiture de ses rêves. Ma soeur, suant de jalousie devant Alex et nos projets de photos. Finalement, la mère d'Anne, faisant mille recommandations à sa belle-soeur.

Sur la route, l'aventure commence enfin. Alex semble comprendre tout à fait qu'Anne ait envie d'aller sur la tombe de son père. J'ignore si elle connaît l'autre partie de notre plan. Je pose discrètement la question à ma copine.

— Elle sait ce qu'on veut faire exactement?

Anne se mord les lèvres.

— Pas encore. Je pensais lui en toucher un mot en arrivant.

Alex a l'oreille fine et du flair à revendre pour les situations hors de l'ordinaire.

— Alors les filles, votre combine, c'est quoi?

Anne se met à bégayer. Je ne sais plus où me mettre.

— Qu'est-ce que vous croyez? Que je n'ai jamais eu douze ans? Que des idées

folles ne me sont jamais passées par la tête? À d'autres! Anne, quand tu m'appelles, c'est que tu veux faire une bêtise que ta mère n'approuverait pas.

Un silence gêné accueille ses paroles. Alex éclate de rire.

— Il n'y a pas de mal, les filles. Allez, on fait une pause dans ce casse-croûte et vous me racontez tout.

L'affaire se règle autour de trois hamburgers double fromage. Nous avons l'intention de nous installer une nuit entière au cimetière. Mon amie veut tenter de communiquer avec son père pour savoir s'il est heureux là où il est. En expliquant la chose, Anne prend un air buté que je ne lui vois pas souvent.

Elle semble prête à se battre, ou à éclater en sanglots. Pas moyen de décider. Alex est si compréhensive qu'il n'y aura ni pleurs ni colère.

— Très bien. C'est entendu. Vous irez sur la tombe de Jacques. Pas en pleine nuit par contre. Mais je vous accorde qu'il doit faire noir pour tenter ce genre d'aventure. Ça se fera dès que le soir sera tombé. Attention, petit changement à votre programme, je vous accompagne!

Anne n'en croit pas ses oreilles. Moi, je peux bien l'avouer, je suis soulagée. La perspective de me retrouver seule avec une fille de mon âge dans un cimetière en pleine nuit ne me réjouissait pas. Mon amie est aussitôt sur ses pieds.

— Entendu. Ça me convient tout à fait. Claude?

— Oui, c'est parfait.

— Alors, on y va? lance Anne sans même avoir terminé son repas. Je meurs d'envie d'arriver à Des Pins. Il faut organiser notre sortie de nuit.

Nous repartons, le coeur léger. Voilà

qui est de bon augure. Anne va peut-être enfin trouver la paix.

Des Pins est à une heure de Val-des-Baies. Nous roulons sur des petites routes et, ballottée à l'arrière du cabriolet, j'ai l'impression de jouer dans un James Bond au féminin. Alex pourrait être une espionne filant vers une mission importante: redonner la joie à une jeune fille qui s'ennuie trop de son père. Je l'entends d'ici: «Je m'appelle Bond, Alex Bond!»

Chapitre III
Des photos
et des morts

Le lendemain matin, on est fraîches comme des roses. Même si on a écouté de la musique jusqu'à 23 heures en jasant et en mangeant des pistaches! Les pistaches tachent et nous sommes encore roses jusqu'au bout des doigts. Alex a pressé des oranges et je bois du jus frais avec délice. J'adore que les morceaux de pulpe éclatent dans ma bouche. C'est plein de vie!

Anne est moins joyeuse que moi, je le vois bien. Elle est soucieuse à l'idée de retourner au cimetière. Pour elle, c'est une rencontre très importante. J'aime autant ne pas trop songer à cette partie de la journée et me concentrer sur ce qui sera plus amusant. Alex nous a annoncé qu'elle allait vraiment prendre des photos de nous. Pour le catalogue de la chaîne Fringues!

Je me bidonne à m'imaginer mannequin célèbre avec ma tête pas plus chic qu'il faut et mes habitudes vestimentaires tout juste passables. Ma description arrache un sourire à Anne.

— Tu m'imagines sur la première page du magazine *Mignonne* avec le t-shirt que j'ai peint moi-même?

Anne s'esclaffe.

— Tu ferais scandale. Arrête, Alex ne voudra plus de nous.

La photographe a prévu le coup et fournit évidemment les vêtements. En fait, nous porterons des parkas, vedettes de la collection automne-hiver. Le mien est bordeaux et va bien avec mon genre de beauté: sombre. Anne porte un blouson vert qui lui fait une tête extra.

— Wow!

Je nous trouve belles. Je n'avais jamais remarqué qu'on pouvait être si jolies.

Je souris, plutôt contente de mon style.

— Alors, on les immortalise où ces deux stars?

Alex déborde d'enthousiasme.

— Dans un parc près de la rivière Grande. À ce temps-ci de l'année, il n'y aura que nous et nous pourrons faire toutes les bizarreries qui nous traverseront l'esprit.

Nous roulons vers le lieu de notre séance de photos. Le cimetière apparaît

devant nous et Anne se redresse sur son siège.

— Arrête un instant. S'il te plaît.

Alex se range doucement. Un silence… de mort s'est installé dans le cabriolet.

Anne descend, Alex et moi à sa suite. Nous laissant derrière, Anne marche à grands pas vers une destination qu'elle connaît bien. Alex me fait signe de rester en retrait.

— Nous n'aurons peut-être pas besoin de venir passer la soirée ici finalement. Les retrouvailles vont avoir lieu ce matin.

Je regarde mon amie s'éloigner et je suis de tout cœur avec elle. Comme je la comprends.

— Tu sais, Alex, moi aussi, j'ai perdu mon père. Je sais tellement comment elle se sent. Mais on finit par… par avoir moins mal.

— Avec le temps. Oui. Viens.

Nous entrons dans le cimetière, déambulant lentement, nous imprégnant de la beauté des lieux. C'est tranquille et triste. C'est le lieu des morts.

Je regarde les tombes distraitement. Alex s'anime.

— Ça ne te dérange pas si je prends quelques clichés?

— Non. Je vais marcher.

Je m'éloigne pendant qu'Alex croque l'atmosphère vaporeuse de l'endroit. De loin, ces rangées de tombes n'évoquent rien de particulier. Juste des pierres im-

mobiles. Puis on s'approche et les épitaphes font revivre les gens. Ici: «Notre
fils Patrick dont nous étions si fiers», ou

29

encore «À la mémoire de notre grand-père bien-aimé, tous nos baisers».

À droite, les sépultures sont plus vieilles. Les dates me renversent: «1845-1882. Béatrice, tu m'abandonnes avec 14 enfants. Dieu nous garde.» Ou celle-ci: «1850-1899. Lou, ta main dans la mienne dans le val aux fraisiers. Adieu encore. V. F. A. et A.» C'est la tombe d'un nommé Lou Adams. Une histoire d'amour peut-être… Moi, les romances, ça me fait tout chaud.

Un déclic derrière moi me fait sursauter. Alex s'excuse d'un geste.

— Je n'ai pas pu résister. L'image était trop belle. Tu aimes les cimetières?

On retourne vers la grille d'entrée.

— Bof. J'y ai passé pas mal de temps depuis quatre ans. Les dalles modestes d'un côté puis plus loin les monuments imposants, ça me fait réfléchir. Et les épitaphes qui racontent tant d'histoires. Dans le cimetière de Val-des-Baies, sur une petite pierre tombale qui s'effrite, il est écrit «Killed in 1901».

— Tué? Tu sais de quoi il s'agit?

— Non. Je n'ai pas fouillé plus loin. Ça me donnait froid dans le dos. Et puis qui se souvient de ce mort aujourd'hui?

— Les archives de la ville, les journaux peut-être…

La discussion en reste là, Anne revient toute guillerette.

Elle annonce sereinement:

— Nous reviendrons à la nuit tombée. Ce sera formidable.

Alex et moi, on se file un regard en coin. Qu'est-ce qui a rendu subitement Anne si radieuse? Je crois deviner que juste de revoir la tombe de son père l'a soulagée un peu.

Alex sonne le départ.

— Alors, on se les fait ces photos, les filles?

Chapitre IV
La première neige

La séance de photos terminée, nous revenons chez Alex le nez rougi. La température vient de tomber d'un coup et l'éventualité d'une petite sortie en soirée ne nous réjouit pas, Alex et moi. Mais Anne n'en démord pas et procède déjà à l'inventaire de ce qu'il faudra apporter.

— Une lampe de poche, des bougies, des couvertures, de l'encens... Ah oui, j'oubliais, du chocolat pour faire le plein d'énergie.

Elle allonge sa liste pendant qu'Alex met distraitement le souper au four: des lasagnes maison très appétissantes. En réalité, Alex ne pense qu'à ses photos.

— Vraiment, vous avez été d'excellentes mannequins. Très naturelles et jolies comme des coeurs. Si les clichés sont aussi réussis que je le pense, vous allez avoir un succès fou!

— On pourra avoir une de ces photos?

J'aimerais bien en décorer mon refuge.

— Oh oui, sûrement. Vous choisirez celle que vous préférez et je vous la développerai.

Alex a une chambre noire à la maison. Nous l'avons visitée hier soir. Une petite pièce mystérieuse, où des appareils inconnus côtoient de grands bacs et des produits chimiques. Anne affirme qu'Alex s'enferme là à double tour et qu'il n'y a pas moyen de l'en sortir. Alex meurt d'envie d'y aller, je le vois bien.

— Je pourrais vous montrer la planche-contact si j'y consacre la prochaine heure.

Anne proteste.

— La dernière fois que tu m'as laissée pour développer des photos, je ne t'ai pas revue de la soirée.

Alex lève la main droite et pose la gauche sur son coeur:

— Je promets d'y rester juste le temps qu'il faut. Je le jure sur l'amour que je te porte.

Anne pouffe.

— Pouah! File!

Alex disparaît dans la petite pièce et la lumière rouge surmontant la porte s'allume. Interdit d'entrer.

Je vais rejoindre Anne sur le canapé.

— Tu es certaine que tu veux toujours passer cette soirée au cimetière?

Elle soupire.

— Je sais que tu es contre.

— Non, ce n'est pas…

— Ce matin, devant sa tombe, je me suis sentie si bien. Entourée de… je ne sais pas comment t'expliquer.

— Ça suffit peut-être? Non? Tu n'as pas besoin de tenter de communiquer avec lui dans l'au-delà.

Elle se renfrogne.

— J'y tiens. Je peux y aller seule avec Alex, si tu préfères.

Mon amitié fait un noeud dans mon coeur.

— Pas question. Je serai là.

* * *

Après avoir fait honneur à l'excellent repas, nous nous sommes mises à scruter les photos. Penchées sur la planche-contact, nos trois têtes collées, nous pointons nos préférées. Les prises du cimetière précèdent celles de la séance mode. Ce sont elles qui retiennent mon attention.

Alex m'a croquée sur le vif pendant ma lecture des épitaphes. Dans la lumière du matin, l'image est très belle. Voilà la tombe qui raconte l'histoire d'amour du Lou des fraisiers et de sa belle V. J'emprunte la loupe d'Alex pour regarder le cliché de plus près. Quel est son prénom? Victoria? Violette? Valentine?

Une petite lumière s'allume dans ma tête. Je ne sais pas pourquoi, mais ces quelques phrases m'intriguent. Quelque chose de familier… Pourtant Lou Adams, vraiment, ça ne me dit rien. Mais le val des fraisiers, je crois connaître. Ce ne serait pas à Val-des-Baies, par hasard?

Intriguée, je demande cette photo à Alex, en plus de celle très bonne nous représentant, Anne et moi, sur une balançoire dans le parc abandonné des touristes.

— Entendu. Je me mets aux agrandissements dès demain. Pour l'instant, je crois que c'est l'heure de l'expédition.

Je frissonne. J'aime les cimetières le jour pour y lire tranquillement au soleil. Un beau soir frisquet de novembre, l'aventure parmi les mausolées n'est pas mon activité préférée. Mais Anne a l'air si décidé que je cède.

— Il paraît que les grands esprits se rencontrent, c'est ce que nous allons voir.

Alex sonne le départ. Nous portons chacune un sac rempli des objets choisis par Anne. Nous n'avons pas aussitôt mis le pied dehors que je m'inquiète de l'état du ciel.

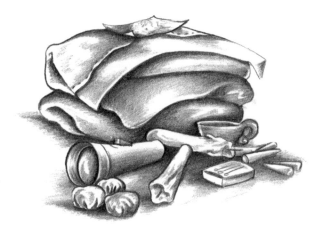

— Il ne va quand même pas neiger, non?

Alex me rassure.

— Un peu de neige adoucit les moeurs.

Seule Anne n'émet aucun commentaire. Elle est déjà installée dans la voiture attendant qu'on démarre. Avant de monter, j'entends clairement Alex formuler:

— J'espère que je ne suis pas en train de préparer la plus grosse connerie de ma vie.

Le cimetière Sainte-Providence est plongé dans le calme le plus plat. Il n'y fait pas aussi noir que je l'aurais craint, la lune donnant tout ce qu'elle peut pour l'éclairer. Nous mettons pied à terre dans une herbe rendue craquante par le gel. Dans leurs rangées parfaites, les tombes semblent plus abandonnées que jamais.

Nous nous arrêtons un moment, contemplant le spectacle. Sur une pierre toute proche, quelques fleurs déposées depuis que nous sommes venues achèvent de flétrir, mordues par le froid intense et imprévu.

— Allons-y, décide Anne, il ne viendra pas à nous.

Elle s'enfonce dans le cimetière, Alex sur ses talons. Je les suis, surtout parce que je ne suis pas rassurée. C'est bête, je n'ai jamais eu peur des morts. Ce n'est pas ce soir que je vais commencer. Je me secoue intérieurement. Nous traversons en silence les alignements de monuments, massifs, figés dans le temps.

— Voilà, nous y sommes, annonce Anne, montrant du doigt une pierre modeste de taille moyenne. Sous le nom de Jacques Robin, une fleur est gravée dans le granit puis suivent les habituelles dates. Je reconnais, dans le caillou posé sur la tombe, un geste d'Anne. Elle fait la même chose quand nous rendons visite à mon père.

Rapidement, Anne extirpe de son sac le matériel apparemment indispensable pour communiquer avec les esprits: une chandelle, des allumettes, une photo de son père, celle qu'elle traîne toujours sur elle, des herbes…

Je suis surprise; je ne savais pas Anne aussi sérieuse dans cette chasse aux fantômes.

Alex frotte une allumette et enflamme la chandelle posée sur la stèle.

— Je ne suis pas certaine que Jacques serait fier de me voir ici avec toi, Anne. Sans compter ta mère. J'aimerais qu'on ne reste pas trop longtemps.

— Non, promet Anne. Laissez-moi seule, un instant.

Nous reculons, cédant à Anne toute la place. Les deux mains sur la tombe, elle penche la tête. Une minute, puis deux puis trois passent. Je me retiens de frapper le sol de mes pieds. Il gèle. Après cinq minutes, Alex avance d'un pas et met la main sur l'épaule d'Anne.

— Donne-moi encore un peu de temps. Juste un peu, supplie Anne sans se retourner.

Alex reprend sa place sans insister. Les secondes s'égrènent lentement. Je songe à mon père, à son sourire inimitable, à ses jeux. J'ai une douce pensée pour celui qui habite mon coeur pour toujours. Un sanglot me tire de ma rêverie. Alex est aussitôt auprès d'Anne.

— Il ne vient pas, il ne vient pas. Il n'est pas là!

— Anne, Anne, ma puce.

La nièce se jette dans les bras de la tante.

— Tu peux ramasser, Claude? Nous partons.

J'éteins la bougie en sachant que c'est le rêve de mon amie que je souffle. Je case le fatras dans un sac. Direction cabriolet au pas de charge. Je m'assois derrière, Anne pleurant dans mon cou. Alex lui parle doucement. Je suis muette et bouleversée. Une neige abondante s'est mise à tomber, recouvrant rapidement le cimetière d'un premier tapis blanc.

Comme le deuil d'Anne, le cimetière se dévoile. De sombre et caché qu'il était, il

devient étincelant et visible aux yeux de tous. Anne vient de traverser une étape. Je le sais, j'ai, à ma façon, parcouru le même chemin. Nous partons, laissant derrière nous, dans leur immobilité éternelle, Jacques, Patrick, Béatrice et le Lou des fraisiers.

Chapitre V
Les frissons du dimanche

De retour à l'appartement, Anne n'a rien voulu entendre. Elle s'est empressée de se coucher, le regard lourd. Je suis restée seule au salon avec Alex. Contaminées par cette peine, nous baignons toutes les deux dans une profonde tristesse. Pour moi, elle fait écho à des souvenirs pas si lointains. Je frissonne.

— Tu veux un chocolat chaud?

Alex ferait manifestement n'importe quoi pour réconforter n'importe qui. Je voudrais lui répondre qu'un café fort me ferait meilleur effet, mais j'acquiesce tout de même.

— Un bol, s'il te plaît. Un grand!

Nous soupirons de concert et la chose nous arrache un sourire. Alex s'affaire dans la cuisine et je l'y suis.

— Tu y comprends quelque chose à ce qui a cloché au cimetière, toi?

Que les adultes doivent détester parfois être toujours ceux qui doivent apporter les réponses. Alex a haussé les épaules.

— Anne s'était fait une fausse idée de la mort. La présence de ceux qui ont disparu, je pense que c'est dans la puissance de notre souvenir qu'on la trouve. Dans ce qu'ils nous ont laissé de leur façon d'être et de faire.

— Chez nous, nous venons de remettre sur les murs des photos de mon père. Il nous aura fallu quatre ans. Tu crois qu'Anne…

Le chocolat chaud s'est interposé entre nous, fumant et odorant. Réconfortant.

— Anne va devoir apprendre que l'absence dans la mort, c'est ça l'éternité. C'est l'absence qui dure, sans répit, sans retour et bien souvent sans signe. Elle en a appris un bout à la dure ce soir. J'espère que la prochaine fois, nous saurons la dissuader d'aller faire des incantations sur la tombe de son père.

Je frissonne encore.

— Nous n'aurons pas à le faire. Elle ne recommencera plus, j'en suis certaine.

— Elle est chanceuse d'avoir une amie comme toi. Tu comptes beaucoup pour

elle. Allez, finis ce chocolat et va te mettre
au lit. Tu es claquée.

Je pique du nez dans mon bol et lape le
bon liquide aussi minutieusement qu'un
chat. Si Boris était ici, je l'amènerais dor-
mir avec Anne et moi. Il me semble qu'il
l'apaiserait. Dans le grand lit d'Alex, mon
amie s'agite, son repos troublé de pleurs.
Frigorifiée même sous les draps, je passe
une fort mauvaise nuit, entrecoupée des
plaintes d'Anne.

Au matin, je me réveille tardivement.
Des bruits dans la cuisine m'ont arrachée

au sommeil. Anne s'y trouve, emplissant la poubelle des effets utilisés pour sa communication surnaturelle avec son père. La sauge, les bougies, l'encens et un petit livre que je n'ai jamais vu prennent le chemin des ordures. Elle a l'air d'assez bonne humeur. Je tâte le terrain.

— Tu te sens mieux?

Elle me fait son plus beau sourire.

— Pas plus mal en tout cas.

Elle montre le sac-poubelle.

— J'ai juste gardé la photo de papa. Le reste, je n'en aurai plus besoin. J'espère que tu ne seras pas déçue, mais j'ai décidé de ne plus aller sur la tombe de ton père pour un temps.

— Je comprends. Tellement que je vais faire comme toi. Si on faisait autre chose pour changer?

Elle sourit.

— Qu'est-ce que tu dirais d'une carrière de mannequin?

Elle me montre les photos qu'Alex a posées sur la table. Elles sont formidables.

— Quand Alex a-t-elle trouvé le temps de développer ces photos?

— C'est une mordue. Elle a dû travailler toute la nuit.

Un troisième cliché attire mon attention. C'est celui qui me représente devant la tombe de l'homme amoureusement baptisé mon Lou. Anne l'examine.

— Pourquoi as-tu choisi cette photo? Tu es pas mal plus bizarre que moi, non?

Je lui prends l'épreuve et la contemple à mon tour.

— Je ne sais pas. Ça n'a rien à voir avec ma fascination pour les cimetières. Quelque chose me tracasse. Ce val des fraisiers, il me semble que je le connais.

Anne jubile.

— Tu sens qu'il y a un mystère là-dessous.

Un gros frisson me secoue.

— C'est peut-être mon imagination, mais oui.

Alex, debout sur le seuil de la chambre d'ami, a tout entendu.

— Ça m'étonnerait que ce soit le mystère qui te fasse grelotter ainsi. Tu as attrapé froid, ma belle Claude.

Elle me prend aux épaules et me pousse vers la chambre.

— Vite, au chaud dans le grand lit. Anne et moi allons te préparer un déjeuner digne des Robin. Même si j'ai travaillé toute la nuit, je sais encore recevoir. Quand nous aurons bien mangé, nous reparlerons de ce fameux Lou. Des confitures aux fraises, ça vous irait?

Chapitre VI
Le Lou des Fraisiers

Je suis revenue à la maison ce même dimanche sans avoir débroussaillé la ténébreuse histoire de Lou. Mais au cours de la journée, le rhume avait gagné tout mon corps et les meilleures énigmes du monde n'auraient pas retenu mon attention. C'est comme ça que j'ai atterri dans mon lit et qu'Anne est venue me rejoindre le lundi soir, faussement malade.

Le lendemain, je tousse encore et ma mère accepte de nous accorder une journée de congé supplémentaire.

— Demain, je veux vous revoir toutes les deux sur pied! gronde-t-elle.

Nous jurons et promettons de nous soigner sérieusement. À neuf heures, la maison est vide et nous avons toute la place pour nous. Nous nous servons un copieux déjeuner: rôties généreusement garnies de tartinade au chocolat, vous savez celle qui

goûte les noisettes, et lait chaud à la can-
nelle.

— Dis-moi, Anne, tu vas vraiment
mieux?

Anne éclate de rire.

— Voyons Claude! C'était un jeu, je
n'étais même pas malade. Je ne peux pas
être mieux!

Je prends mon air sérieux.

— Non. Je parle de samedi. Ton père,
le cimetière et tout.

Anne hésite, se tamponne la bouche et
se lance:

— J'étais… depuis deux ans, j'étais pas
mal perdue. Je pensais tout le temps à lui.
J'étais peut-être emprisonnée dans ma
peine. Je ne sais pas. On dirait que samedi, je suis allée au bout. Quand je me
suis réveillée après une nuit d'enfer, les

nuages avaient presque disparu. Maintenant, c'est autrement.

— Mieux?

— Moins triste. Oui, subitement, je suis moins triste. Il me manque toujours autant, mais je suis vivante, moi.

Je lève mon bol de lait.

— À ta santé, mon amie!

Elle m'imite en se bidonnant.

— À la vie, chère grande malade.

Elle lève les yeux au ciel, mettant en doute mon état de santé.

— Ouais. C'est vrai que je ne suis pas trop mal en point. On aurait dû aller en classe, tu penses?

— La vérité, c'est qu'après deux ans de tourments, j'ai bien envie d'une petite convalescence. Une journée me conviendrait.

Nous trinquons une dernière fois, des étoiles dans les yeux.

* * *

Une heure plus tard, les airs de Charles Trenet emplissent la maison. Vous ne connaissez pas Trenet? C'est bien possible. Monsieur Trenet a commencé sa carrière dans les années 1930! Je sais, ça vous paraît l'Antiquité. Il a pondu quantité de chansons. Il y a les sérieuses, les nostalgiques et les humoristiques. Aujourd'hui, je me sens comédie. Olé! Musique!

Nous accompagnons Trenet de danses improvisées et la maladie recule comme la forêt devant la civilisation. Nous reprenons en choeur «Monsieur, monsieur, vous oubliez votre cheval!». Très libérateurs, les congés avec Anne.

Elle lance à brûle-pourpoint:

— Tu sais, notre homme, tu crois qu'il est arrivé à Des Pins à cheval?

J'ouvre des yeux ronds. Mon amie délire!

— Tu peux me dire de quoi tu parles?

— De lui… L'homme… Je ne sais plus son nom!

Anne part d'un pas décidé vers ma chambre.

— Cette photo, tu l'as bien rapportée avec toi?

Je proteste en la voyant vider mon sac à dos.

— Alex t'en a donné une identique. Ne mets pas ma chambre sens dessus dessous.

Triomphante, Anne brandit la photo du cimetière représentant la tombe du Lou des fraisiers. Cette photo-là! Dans les méandres du rhume, je l'avais complètement oubliée.

— Tu veux dire Lou? Pourquoi à cheval? Qu'est-ce que tu racontes?

Anne hausse les épaules.

— C'est un étranger, un anglophone. Dans les années 1800, il se pointe dans un village, le chapeau sur l'oeil, perché sur sa monture. Ça le rend très mystérieux, non?

— Ce qui m'intrigue moi, ce sont les initiales: V. F. A. et l'autre A. Qui sont-ils? Pourquoi n'a-t-on pas gravé leur nom au complet?

Anne me lance un regard hautement sceptique.

— Tu veux me faire croire que tu as vu quatre initiales et que ça t'a tellement intriguée que tu as fait agrandir la photo?

— Écoute, c'est confus, je sais. Nous étions au cimetière, je pensais évidemment à mon père et la mention du val des fraisiers m'a rappelé l'histoire de Val-des-Baies. C'est lui qui me la racontait.

— Attends que je me rappelle. La famille Fletcher est à l'origine de Val-des-Baies. Le père avait partagé la terre entre ses trois enfants, deux garçons et une fille. Les garçons ont eu des terres où poussaient des bleuets et des mûres. La fille, Virginie, a hérité d'une petite vallée de fraises, récite Anne.

— C'est à peu près ça. Mais elle s'appelait Valérie pour Val-des-Baies. Depuis que nous avons fêté les 150 ans de la ville, tout le monde connaît les Fletcher. Il y a même eu un bal cette année-là et toutes les filles étaient déguisées en Valérie.

— Si tu as raison et si cette photo a un rapport avec Val-des-Baies, il faut bouger. Viens.

Anne empoigne son manteau et sort de la chambre.

— Mais! Où vas-tu?

Sa tête réapparaît dans l'encadrement de la porte.

— Eh bien, il y a un mystère à résoudre, nous avons une journée devant nous. À l'attaque!

Je la suis non sans protester:

— Oh! Et ma mère? Tu crois qu'elle va être ravie d'apprendre qu'on s'est baladées en ville un jour de congé forcé?

Anne s'arrête un instant et réfléchit.

— Elle ne l'apprendra pas par hasard. Nous allons téléphoner à nos mères pour leur annoncer que nous nous sentons mieux et que nous nous rendons à la bibliothèque municipale pour quelques recherches pour une présentation orale demain. Et hop!

Brillant! Un large sourire gagne mon visage.

— Et elles vont nous donner la permission! Tu es géniale!

Chapitre VII
Les indices du *Clan*

Notre stratégie a fonctionné comme sur des roulettes et nos mères, trop heureuses de nous voir sur pied, nous ont donné leur accord. Emmitouflées comme des ours sur les conseils de nos mères poules, nous descendons la rue Sainte-Marie à bonne allure. De la neige tombée ce week-end, il ne reste que des traces poussées par le vent.

La bibliothèque est au centre de Val-des-Baies, juste à côté de l'hôtel de ville. Je la fréquente depuis l'époque des albums de Bérangère l'armoire magique, ma lecture préférée quand j'avais cinq ans. Tout le monde me connaît et sait également tout des goûts de ma mère qui dévore littéralement les livres.

Après avoir confirmé que nous sommes ici avec la bénédiction de nos parents, nous déballons notre histoire.

— Nous voulons retrouver, dans l'histoire de Val-des-Baies, la trace d'un homme qui s'appelait Lou Adams.

On nous recommande de consulter Agathe Grenon. Elle est la plus ancienne employée de la bibliothèque et ses 70 ans en font une spécialiste de l'histoire de notre petite ville. Elle nous accueille chaleureusement dans son bureau. Mme Grenon est la tante de Monique, la meilleure amie de maman. Elle me connaît depuis le berceau et se comporte parfois comme si elle était ma grand-mère.

— Ah, je vois que tu as amené une amie! Je n'aime pas que tu rates l'école, Claude. Tu as des problèmes?

Les présentations faites et les explications fournies sur notre absence de la classe, nous exposons notre mystérieuse histoire.

— Nous sommes allées au cimetière Sainte-Providence de Des Pins. Là, j'ai découvert une pierre tombale avec un texte qui m'a intriguée.

— On y fait allusion à un Lou Adams et à un val des fraisiers. Nous avons la photo avec nous. Regardez.

Anne extirpe le cliché de sa poche. Mme Grenon l'attrape d'une main et puise de l'autre sa loupe sur son sous-main. Elle scrute la photographie en se mordillant les lèvres.

— Hum… Hum… Vous avez raison, les filles, il y a quelque chose là-dessous. Une phrase mystérieuse, des initiales… Je me demande si ce Lou Adams est déjà venu à Val-des-Baies.

— Comment savoir? Il y a 150 ans de ça, maugrée Anne.

Mme Grenon nous tend la photo.

— Chère mademoiselle, un tas de choix s'offrent à nous. S'il est demeuré quelque temps ici, il a peut-être été témoin à un mariage, ou parrain lors d'un baptême. On trouverait alors sa trace dans les registres de l'église. Si ce que je soupçonne est vrai, il a passé ici plus d'une semaine et il s'est certainement fait remarquer.

Ma curiosité est piquée au vif.

— Et vous pensez à quoi?

— Une incroyable histoire d'amour enterrée dans la petite histoire de Val-des-Baies.

Anne est déjà debout.

— Allons à l'église, alors.

La vieille dame fait un geste d'apaisement.

— Un instant. C'est plus compliqué que ça. Les registres sont maintenant centralisés dans les grandes villes.

Nous poussons un gros soupir de déception.

— On ne le retrouvera donc jamais?

— Je n'ai pas dit mon dernier mot, clame Mme Grenon. J'ai un petit-fils qui pourra nous aider. Vite! Direction le journal *Le Clan*.

* * *

Dominic, le petit-fils Grenon, est journaliste sportif à l'hebdo *Le Clan*. Notre journal local contient tout ce qu'on peut désirer savoir dans une petite ville, les bonnes comme les mauvaises nouvelles. Ce n'est pas d'hier que *Le Clan* publie ses manchettes et Dominic se fait une joie de nous expliquer le tout en parcourant les couloirs des locaux de l'hebdomadaire.

Il commence par nous taquiner.

— Vous avez embarqué ma grand-mère dans une histoire sans bon sens?

On s'en défend bien.

— Non, non. On est juste venues lui poser quelques questions.

Agathe confirme:

— Je me suis emballée toute seule, mon garçon. Tu crois qu'on pourra dénicher des données qui datent, disons, de 1870 à 1875?

— Je ne peux pas vous le jurer, mais rien ne nous empêche de chercher. En 1870, *Le Clan* existait et était publié deux fois par mois. Si un étranger s'est établi ici un certain temps, il est fort possible qu'on l'évoque. Nous conservons au sous-sol toutes les archives. Un vrai trésor. Par ici.

Nous descendons à la queue leu leu un escalier étroit. Une vaste salle nous attend en bas. Dominic annonce fièrement:

— Voici les mémoires de notre journal.

Mme Grenon se récrie.

— Quand je pense que tu ne m'as jamais emmenée ici!

Anne et moi faisons les yeux ronds. Devant nous se dressent des montagnes de vieux journaux, scrupuleusement rassemblés par année. Nous nous regardons, un fond de scepticisme dans l'oeil. Comment pourra-t-on découvrir un indice sur Lou Adams dans cette masse d'informations? Si seulement il s'y cache une mention de ce monsieur.

— Ouais! lâche Anne.

Je soupire à mon tour.

Mme Grenon saisit le message.

— Je pense que les filles ont des doutes quant à la réussite de notre entreprise.

Dominic se fait rassurant.

— Je sais, ce n'est pas une mince tâche. Il ne faut pas se décourager. On a déjà effectué des recherches de ce genre avec succès.

Anne, qui aime les mathématiques, se lance à voix haute dans un petit calcul.

— Nous allons fouiller dans des journaux qui étaient publiés 24 fois par année, et nous avons 5 années à examiner. Ce qui fait donc, 5 multiplié par 24… Aïe! Total, 120 journaux à feuilleter!

Le souffle me manque: 120, ça me paraît énorme.

Dominic prend les choses en main.

— D'abord, nous sommes quatre. Je peux vous donner un coup de main une heure ou deux. Ça nous laisse 30 journaux chacun. En plus, à l'époque, ces publications ne comptaient que quatre à dix pages. Ce n'est pas une bible quand même!

Agathe Grenon pose son sac à main et enlève son manteau.

— C'est réalisable! On s'y met.

Le premier choc passé, Anne et moi sommes tout à fait prêtes à sauter dans le train. Si j'avais su qu'une petite photo rapportée de Des Pins me lancerait dans pareille aventure… j'y serais allée bien avant! Manches relevées, gants de coton aux mains, tout le monde se met au travail.

Dominic y va de quelques conseils.

— Les gants protègent vos mains et aussi les vieux journaux. Conservez-les. Regardez de près tout ce qui concerne les activités sociales: une partie de hockey ou de crosse, un concours d'hommes forts ou encore une fête paroissiale. Souvent, on nomme dans l'article ceux qui se sont distingués lors de l'événement.

Nous séparons les piles soigneusement. Chacun se plonge dans sa lecture. Anne s'attaque aux premiers journaux de 1870, moi à ceux de 1871, et ainsi de suite. De cette façon, nous couvrirons rapidement une partie de toutes ces années et ne mettrons pas tous nos oeufs dans le même panier. Je commence ma besogne sérieusement.

Ma gravité ne tient pas longtemps tant ce que je lis dans *Le Clan* est amusant. Ici, on raconte que l'école du rang Blanc a été fermée pendant trois jours, le poêle à bois s'étant fendu en deux! Là, on décrit un prestigieux concours de moustaches où trois participants ont mené une chaude lutte. Le gagnant de cette valeureuse compétition fut un M. Labrosse.

Anne éclate de rire de son côté.

— Écoutez ça! Une partie de hockey mémorable s'est déroulée sur le lac Sornette. Les Draveurs s'opposaient aux Bras-de-Fer et la partie s'est terminée quand la rondelle a éclaté en trois mor-

ceaux sur un coup de bâton de Phil Falardeau. La rondelle était en réalité une bonne grosse bouse de vache bien gelée.

Dominic se bidonne.

— C'était ça les sports en 1870!

Mme Grenon en profite pour le taquiner.

— À croire que c'est toi qui as écrit cet article. Le même style, le même enthousiasme!

— Impossible, rétorque son petit-fils. À l'époque, il n'y avait certainement pas de journalistes sportifs, puisque la première partie de hockey professionnel a été jouée à Montréal en 1875!

Il en connaît des choses, ce Dominic! Mais ces anecdotes amusantes sont loin de nous avancer.

— En tout cas, toujours pas de trace de Lou Adams.

Agathe est loin d'être découragée.

— Il en faut plus pour m'abattre! Nous ne faisons que commencer. Il suffirait d'une petite trouvaille pour que tout change. Courage!

Chapitre VIII
Monique s'en mêle

Après avoir épluché des journaux pendant deux heures, nous réclamons une pause.

— Moi, dit Anne, j'ai un creux. Si on s'arrêtait un peu, on recommencera plus tard.

J'appuie la proposition de mon amie.

— Mes gants sont couverts d'encre et j'ai bien envie de voir un peu la lumière.

Agathe acquiesce.

— Tout à fait juste. Sortons de cette cave trop sombre et allons reprendre des forces en mangeant.

Après avoir contacté nos mères pour un compte rendu sommaire, Agathe nous invite au restaurant le Bec Fin pour un petit gueuleton. Au beau milieu de notre repas, qui voyons-nous arriver? Monique, la meilleure amie de ma mère.

— Monique! Quel hasard!

J'embrasse ma quasi deuxième mère. On se voit souvent, mais ça ne nous empêche pas de se réjouir quand on se rencontre.

— Bonjour Anne, bonjour tante Agathe.

— Tu manges avec nous, jeune fille?

Anne et moi, on retient un fou rire. Monique n'est pas une vieille femme, mais elle n'est quand même pas une jeune fille!

— Avec plaisir! Je crois savoir comment vous vous trouvez toutes ensemble… Les inséparables sont allées à la bibliothèque et ont kidnappé tante Agathe pour une quête dans des lieux obscurs. Je me trompe?

Anne est bouche bée.

— Dis donc! Quel talent pour deviner!

Je ne me laisse pas prendre au jeu.

— Toi, tu as parlé à maman.

— Eh oui. Tu sais bien qu'on se dit tout. Votre projet m'a tellement plu que me voilà. Vous avez sûrement besoin de renfort.

Ce n'est pas de refus. Surtout que Dominic a dû nous fausser compagnie. Avant de retourner dans le vieux sous-sol du *Clan*, nous discutons le coup autour d'une bonne soupe.

— C'est une trouvaille que vous avez faite, Anne et Claude. Nous tenons peut-être là la prochaine histoire d'amour qui fera pleurer le monde entier. On pourrait voir dans les prochaines années des films, des opéras rock et des poèmes sur le thème de Lou et son amoureuse inconnue.

Je suis loin de partager l'enthousiasme de Monique.

— Tu crois vraiment qu'on a de grandes chances de dégoter quelque chose concernant Lou dans *Le Clan*?

Monique prend le sucrier et l'ouvre.

— Tu vois tout ce sucre? S'il y avait une infime poussière d'or dedans, je la trouverais. J'ai toujours été douée pour mettre la main sur des trésors. Je vous ai bien adoptés toi, ton frère et ta soeur.

L'argument a du poids, mais tout de même… Anne est plus positive:

— Si on ne trouve rien sur Lou, au moins, on aura appris des anecdotes très comiques.

Agathe termine son café d'une traite.

— Bien vrai! Et je conseille qu'on y retourne. Je sens un frétillement dans mes mains qui justifie une poursuite des fouilles.

* * *

De retour aux archives, chacune se met au travail. Cette fois, Agathe a sorti sa loupe, afin de mieux scruter chaque petit entrefilet. Monique, ses lunettes de lecture sur le bout du nez, se donne des airs de Sherlock Holmes. Décidément, elle s'amuse ferme.

Anne tourne lentement les pages du journal. Elle est moins alerte qu'avant la pause et ce n'est pas moi qui vais le lui reprocher. Je me sens assez distraite moi-même. Nous échangeons des petits regards en coin. Puis, toujours en silence, Anne me montre une illustration représentant un grand homme en salopette, coiffé d'un chapeau ridicule.

Les rires commencent doucement. Je la relance avec le texte marrant concernant une poule, nouvelle acquisition de Bertrand Carignan, fermier de Nodiac. La rumeur veut que la volaille ait déjà pondu un oeuf d'or. Les jeunes mères amènent donc leurs nouveau-nés toucher Dorine-la-cocotte pour leur assurer un avenir doré. Cette fois, c'est l'hilarité, le coup de pouce qu'il nous fallait pour mettre de côté la lecture.

Monique et Agathe nous laissent dérailler, sans décrocher de leur tâche. Pour

nous, la récréation a sonné. Fini le sérieux.

Nous rions de plus belle quand un cri nous glace les sangs!

— Ah! Dieu tout-puissant!

C'est Agathe, les baguettes en l'air, la loupe de travers. En deux pas, Monique est près d'elle.

— Ça va, tante Agathe? Tu tiens quelque chose sur Lou Adams?

Agathe prend une grande inspiration et crache le morceau.

— Pas tout à fait, mais tout est là. Je viens de saisir toute l'histoire. AdamS! Adam! Il fallait y penser!

Elle est dans tous ses états.

— Sur la pierre tombale de Lou sont gravées les initiales V. F. A. suivies d'un autre A. On est toutes d'accord que V. F. A. doit désigner sa femme ou son amoureuse. D'après moi, le petit A. qui suit est sûrement un enfant. Maintenant, je vais vous lire un article qui date de 1875. Il parle de deux enfants.

Elle lit:

— «La fête du printemps a connu un grand succès cette année. Les deux petits fermiers qui portaient les fruits de la fertilité étaient les jumeaux de Jérôme, l'aîné des Fletcher. Les petits bonshommes qui fêtaient leurs quatre ans ont fait la joie du public. On n'a jamais vu des jumeaux aussi différents d'allure et de tempérament. On pourrait croire qu'Adam est le frère aîné de Jérôme tant il est grand.»

Elle cesse de lire et conclut:

— Je mettrais ma main au feu que Jérôme fils et Adam ne sont pas plus jumeaux que Claude et Anne. Adam est plus vieux, j'en suis certaine. Si ça se trouve, ils n'ont même pas les mêmes parents. À mon avis, ce petit Adam est en réalité le fils de Lou **Adam**s et de **V**alérie **F**letcher **A**dams. V. F. A.!

Elle se trompe totalement pour ce qui est de notre gémellité à Anne et moi, mais pour le reste, elle nous coupe le souffle!

Chapitre IX
La véritable histoire de la famille Fletcher

Trois mois plus tard, un souper en famille élargie permet de faire le point sur la véritable histoire du clan Fletcher. Autour de la table se tiennent les quatre duos d'amis: Marie et Monique, mon frère Carl et son copain Fred, France et son quasi-jumeau Pierre-Yves et finalement Anne et moi. Se sont jointes à nous Alex et Mme Grenon.

C'est Agathe Grenon qui raconte l'histoire de la famille Fletcher, légèrement différente de celle que mon père nous avait transmise.

— Il y a 150 ans, le fermier Josephat Fletcher avait choisi trois beaux morceaux de sa terre qu'il avait donnés à chacun de ses enfants, deux fils et une fille. Ça faisait de lui un homme extraordinaire parce qu'à cette époque, on ne léguait pas la terre aux filles.

«L'histoire de Val-des-Baies a toujours retenu que Josephat adorait sa fille Valérie pour agir ainsi. Jérôme, le fils aîné, a hérité d'un sous-bois rempli de bleuets. Le second fils a eu la forêt qui contenait des mûres en son pourtour. Et Val, comme la surnommait Fletcher, a eu le champ de fraises. Chacun a fait construire une petite maison comme les trois petits cochons.

«Mais un matin, un loup a frappé à la porte de la maison paternelle. Un loup, l-o-u-p, c'est ce qu'on a toujours cru quand on nous en faisait le récit. Un loup à cause de la référence aux trois petits cochons. Mais ce n'était pas ça. C'était Lou comme le prénom dans Lou Adams. Lou était inspecteur, un représentant du gouvernement.

«Lou a fait valoir un règlement important qui disait qu'à partir de quatre maisons dans un rayon de trois kilomètres (en milles à l'époque), la place devient un village. Fletcher ne voulait pas se plier aux ordres de l'État. Lou est resté dans les environs pour s'assurer que la loi serait appliquée. Il est aussi resté pour continuer à voir la belle Valérie.

«Hé oui, Lou avait rencontré la fille Fletcher et en était tombé amoureux. De son côté, elle s'était aussi éprise du bel Anglais. Adams a donc demandé la main de

Valérie. Quand le père Fletcher a découvert qu'un protestant voulait épouser sa fille unique et bien-aimée, il a pris le mors aux dents. Il a interdit à Valérie de revoir Lou et à celui-ci de revenir sur ses terres.

«Les deux tourtereaux ont continué à se fréquenter en secret et un jour, le père Fletcher les a surpris dans une cabane au creux du val des fraisiers. Ils vivaient là comme mari et femme à l'insu de tout le monde. Fletcher a sorti son fusil et s'est apprêté à tirer. Mais Lou a été le plus rapide et a atteint Josephat à l'épaule.»

Mon frère Carl affiche son air le plus sceptique.

— C'est un scénario de film que vous avez inventé là! Comment pouvez-vous nous faire avaler tout ça?

Monique a une réponse toute prête.

— Un miracle, Carl. Après la découverte d'Agathe dans les archives du *Clan*, nous avons poussé nos recherches plus loin et nous avons mis la main sur des documents en or. Un historien amateur de Des Pins a accepté de nous ouvrir sa porte et nous avons déniché un petit journal tenu par nul autre que Lou Adams. Tout y est!

Mme Grenon prend le relais.

— C'est par ces écrits que nous connaissons maintenant la suite. Le drame a brisé la vie de Valérie et de Lou. Josephat a sommé l'homme de disparaître, le menaçant de le poursuivre en justice et de le faire emprisonner. Contre son gré, Lou a dû s'évanouir dans la nature et se cacher, craignant les représailles de Fletcher.

«Il a réapparu plusieurs années plus tard sous son vrai nom à 100 kilomètres de Val-des-Baies, à Des Pins. C'était une bonne distance à l'époque. Pendant ce temps, Valérie avait accouché d'un garçon qu'elle avait prénommé Adam. Le fils de Valérie a été élevé comme le jumeau de Jérôme fils. Mais il était en réalité le garçon légitime de Lou Adams.»

Je ne comprends pas tout.

— Légitime, ça signifie quoi exactement?

Monique a l'air ravi:

— Lou Adams et Valérie Fletcher s'étaient mariés secrètement avant que Josephat les débusque dans la cabane. La signature V. F. A. qu'on peut lire sur la tombe de Lou est celle de Valérie Fletcher Adams, sa femme, et le petit A., leur fils Adam.

Ma mère n'en revient pas.

— C'est incroyable.

— Et pourtant, c'est la vérité. La quasi-totalité de l'histoire est confirmée. Nous avons retrouvé dans les archives du gouvernement des traces de l'ancien inspecteur Adams. Nous cherchons toujours l'acte de mariage entre Lou et Valérie. Nous croyons qu'ils se seraient mariés aux États-Unis. Mais nous le trouverons.

Agathe Grenon jubile.

— Quand je pense que Fletcher a toujours été perçu comme un homme d'avant-garde face aux femmes!

France, elle, voit le côté romantique de la chose.

— J'ai bien hâte de lire l'histoire que vous allez en tirer, toi et Mme Grenon, dit-elle à Monique.

Cette dernière précise:

— Nous avons encore des recherches à compléter avant de publier le récit, mais nous y parviendrons. Notre livre jettera une toute nouvelle lumière sur la petite histoire de Val-des-Baies. D'ailleurs, sans Anne, Claude et Alex, rien de tout ça ne serait arrivé. Merci à vous trois.

Je souris, aux anges. Alex lève son verre. Seule Anne demeure triste.

— Quand je pense que Lou a abandonné son fils. Pourquoi? Comment un père peut-il partir sans son enfant?

Monique tente une réponse.

— Si Lou a été tenté de venir reprendre Valérie, il a toujours été menacé par le père Fletcher de poursuite pour tentative de meurtre. Nous croyons qu'Adam a été élevé comme le fils de Jérôme Fletcher. Jamais sans doute il n'a su que son père était Lou, ni le père qu'il avait un fils.

Mme Grenon renchérit:

— Dans la petite communauté de Val-des-Baies, Val a peut-être conclu que la seule solution pour vivre près de son fils était de rester sur la terre des Fletcher où Lou ne pouvait venir. Ils ont été bêtement séparés. Comment ses initiales se sont retrouvées sur la tombe reste un mystère. Tout de même, avec la parution de nos recherches, nous redonnerons un père à son fils et un fils à son père.

* * *

Plus tard en soirée, en tête-à-tête dans ma chambre, nous sommes plutôt sombres, Anne et moi.

— Ça me fait tout drôle que l'histoire des Fletcher ne soit plus celle que me racontait mon père. Je me rends compte maintenant que, de plus en plus, je vais savoir des choses que mon père ignorera toujours.

Anne pousse un long soupir.

— Même si je n'ai pas pu communiquer avec mon père, je me console un peu en sachant que, grâce à cette soirée, un père et un fils seront réunis dans la mort.

On frappe à la porte. J'ouvre. C'est Alex, rayonnante.

— Alors les filles? On rumine des pensées noires?

Anne hausse les épaules. Je réponds:

— Bof…

Alex ne perd pas son sourire pour autant.

— Je viens de recevoir un coup de fil sur mon cellulaire. L'agence de publicité qui travaille à la promotion nationale de Fringues me demande la permission d'utiliser une de mes photos pour les grands panneaux en bordure des routes.

Je suis contente pour Alex, elle mérite tout le succès du monde. Elle renchérit:

— Et vous savez ce qu'il y a sur cette photo? Vous deux, mes chéries, toutes mignonnes dans vos parkas!

Anne et moi, on se regarde et on éclate:

— Quoi! Nous deux!

— Sur un panneau publicitaire!

On se saute dans les bras en hurlant de joie. Alex jubile, les yeux brillants.

— Vous savez les filles, vos pères seraient fiers de vous!

Table des matières

Achevé d'imprimer
sur les presses de Litho Acme inc.